王鴻鵬——著

哲學、愛情和
微不足道的真實

【總序】
台灣詩學吹鼓吹詩人叢書出版緣起

蘇紹連

　　「台灣詩學季刊雜誌社」創辦於一九九二年十二月六日，這是台灣詩壇上一個歷史性的日子，這個日子開啟了台灣詩學時代的來臨。《台灣詩學季刊》在前後任社長向明和李瑞騰的帶領下，經歷了兩位主編白靈、蕭蕭，至二〇〇二年改版為《台灣詩學學刊》，由鄭慧如主編，以學術論文為主，附刊詩作。二〇〇三年六月十一日設立「吹鼓吹詩論壇」網站，從此，一個大型的詩論壇終於在台灣誕生了。二〇〇五年九月增加《台灣詩學‧吹鼓吹詩論壇》刊物，由蘇紹連主編。《台灣詩學》以雙刊物形態創詩壇之舉，同時出版學術面的評論詩學，及以詩創作為主的刊物。

　　「吹鼓吹詩論壇」網站定位為新世代新勢力的網路詩社群，並以「詩腸鼓吹，吹響詩號，鼓動詩潮」十二字為論壇主旨，典出自於唐朝・馮贄《雲仙雜記・二、俗耳針砭，詩腸鼓吹》：「戴顒春日攜雙柑斗酒，人問何之，曰：『往聽黃鸝聲，此俗耳針砭，詩腸鼓吹，汝知之乎？』」因黃鸝之聲悅耳動聽，可以發人清思，激發詩興，詩興的激發必須砭去俗思，代以雅興。論壇的名稱「吹鼓吹」三字響亮，而且論壇主旨旗幟鮮明，立即驚動了網路詩界。

　　「吹鼓吹詩論壇」網站在台灣網路執詩界牛耳是不爭的事實，詩的創作者或讀者們競相加入論壇為會員，除於論壇發表詩作、賞評回覆外，更有擔任版主者參與論壇版務的工作，一起推動論壇的輪子，繼續邁向更為寬廣的網路詩創作及交流場域。在這之中，有許多潛質優異的詩人逐漸浮現出來，他們的詩作散發耀眼的光芒，深受詩壇前輩們的矚目，諸如鯨向海、楊佳嫻、林德俊、陳思嫻、李長青、羅浩原、然靈、阿米、陳牧宏、羅毓嘉、林禹瑄……等人，都曾是「吹鼓吹詩論壇」的版主，他們現今已是能獨當一面的新世代頂尖詩人。

　　「吹鼓吹詩論壇」網站除了提供像是詩壇的「星光大道」或「超級偶像」發表平台，讓許多新人展現詩藝外，還把優秀詩作集結為「年度論壇詩選」於平面媒體刊登，以此留下珍貴的網路詩歷史資料。二〇〇九年起，更進一步訂立「台灣詩學吹鼓吹詩人叢書」方案，鼓勵在「吹鼓吹詩論壇」創作優異的詩人，出版其個人詩集，期與「台灣詩學」的宗旨「挖深織廣，詩寫台灣經驗；剖情析采，論說現代詩學」站在同一高度，留下創作的成果。此一方案幸得「秀威資訊科技有限公司」應允，而得以實現。今後，「台灣詩學季刊雜誌社」將戮力於此項方案的進行，每半年甄選一至三位台灣最優秀的新世代詩人出版詩集，以細水長流的方式，三年、五年，甚至十年之後，這套「詩人叢書」累計無數本詩集，將是台灣詩壇在二十一世紀中一套堅強而整齊的詩人叢書，也將見證台灣詩史上這段期間新世代詩人的成長及詩風的建立。

　　若此，我們的詩壇必然能夠再創現代詩的盛唐時代！讓我們殷切期待吧。

　　　　　　　　　　　　　　　二〇一四年一月修訂

【主編序】
我們一路吹鼓吹

李桂媚

　　1992年創立的台灣詩學季刊雜誌社，以「論說現代詩學」及「詩寫台灣經驗」為核心，期盼建構屬於台灣的現代詩學，目前同步發行有學術研究刊物《台灣詩學學刊》，以及創作取向的《吹鼓吹詩論壇》。秉持「詩腸鼓吹・吹響詩號・鼓動詩潮」的精神，除了發行刊物，台灣詩學季刊雜誌社與吹鼓吹詩論壇更推出台灣詩學吹鼓吹詩人叢書，提供新秀出版的舞台，近年也積極舉辦大學院校詩學研究獎學金、台灣詩學創作獎、閱讀空氣徵詩、吹鼓吹詩雅集、詩演、詩展等各式活動，呈顯詩的多元化，拉近詩與讀者的距離，希望能把詩的薪火傳遞給更多人。

吹鼓吹詩人叢書，新秀的出發點！

　　活躍於網路的蘇紹連（米羅卡索），2003年6月設置「台灣詩學‧吹鼓吹詩論壇」（網址http://www.taiwanpoetry.com/phpbb3/index.php），提供新詩創作者網路發表與交流平台。2005年9月開始推出紙本刊物《吹鼓吹詩論壇》，2009年進一步企劃「台灣詩學吹鼓吹詩人叢書」，幫詩壇新秀出版詩集，至2020年底已出版46冊，不少詩人的第一本詩集都由此出發。

　　值得一提的是，「台灣詩學‧吹鼓吹詩論壇」每則詩作發表都有版主與之互動，許多寫作新手在此學習、精進詩藝，日後也加入版主群行列，發揮教學相長的精神，分享寫作經驗給後進，「台灣詩學吹鼓吹詩人叢書」有多位作者都曾擔任（或現任）版主一職。除了「台灣詩學‧吹鼓吹詩論壇」，台灣詩學季刊雜誌社與吹鼓吹詩論壇也在FB設立了「facebook詩論壇」（網址https://www.facebook.com/groups/supoem/），同樣吸引許多愛詩人發表作品，論壇舉辦競寫活動，參賽人次也屢創新高。

詩獎鼓勵新秀，「徵」的就是你！

　　2009年台灣詩學季刊雜誌社舉辦首屆「大學院校詩

學研究獎學金」，徵求近兩年已完成的新詩主題學位論文，鼓勵青年學子投入現代詩研究。2010年進一步推出「台灣詩學創作獎──散文詩獎」，這場不限國籍、年齡的比賽，是台灣第一個散文詩獎，獲得詩壇諸多關注與迴響，總計有來自世界各地的三百多位作者報名。

　　如今「大學院校詩學研究獎學金」與「台灣詩學創作獎」已成為詩社兩年一度的盛事，2012年「第二屆台灣詩學創作獎」聚焦於「生態組詩」，鼓勵創作者關懷地球生態議題，用詩作來省思人與環境、文明與自然的關係；2014年「第三屆台灣詩學創作獎」號召創作者以三首「小詩」過招，運用精煉的文字與獨特的創意，帶給讀者驚喜；2016年邁入第四屆，則採取「不限主題」的形式，歡迎大家使出十八般武藝，拿出最好的作品，值得一提的是，參賽者年齡橫跨民國37年次到民國96年次，顯見詩友們不分年齡，對「台灣詩學創作獎」都寄予同樣的支持和關注；2018年第五屆、2020年第六屆同樣以散文詩為徵件對象，期待2022年再見到詩友參賽。

　　此外，台灣詩學季刊雜誌社、吹鼓吹詩論壇自2014年起，也與生原家電阿拉斯加無聲換氣設備、台中古典音樂台FM97.7合辦「閱讀空氣徵詩」活動，鼓勵大家結

台文學、文化、生活及廣告等視角來書寫空氣，入選作品也在好家庭聯播網播出，透過廣播媒介，讓聽眾在空中與詩相會。

吹鼓吹詩雅集，邀你磨亮創作筆尖！

網路上的「台灣詩學・吹鼓吹詩論壇」孕育了無數寫作新秀，然而，隨著資訊科技發展，世界的距離短了，人與人之間的距離卻遠了，2014年台灣詩學季刊社推動「吹鼓吹詩創作雅集」，與會者事先繳交一首詩作，現場討論不會公佈作者名字，讓大家可以不分詩齡、輩分，盡情交流想法，聚會也安排有主評者，提供創作建言。北、中、南分別由白靈、解昆樺、陳政彥擔綱召集人，期待透過面對面的論詩行動，增進跨世代詩人的交流，再掀現代詩寫作風潮。

台北場於2014年3月15日下午，在魚木人文咖啡廚房揭開序幕，採取一年舉辦五次的模式，參加人數屢創新高；嘉義場2014年3月17日晚間於嘉義大學登場，參加者以校內喜歡現代詩的學生為主，邀請王羅蜜多講評；台中場則是2014年4月30日下午在中興大學舉行。

北部詩雅集2016年改由葉子鳥主持，葉子鳥引進劇場經驗與詩友互動，為詩雅集注入更多創意；2017年

交棒給林靈歌，林靈歌的好人緣為大家邀來重量級詩人
擔任神祕嘉賓，每回現身都讓人驚喜；2019年由蘇家立
主持，透過年輕詩人的創意，讓詩與生活更沒有距離。
目前台北場的地點固定為紀州庵文學森林，每年3、5、
7、9、11月最後一個週六舉行。

　　「吹鼓吹詩雅集‧南部場」暌違二年後，在李桂媚
的企劃與王羅蜜多的鼎力相助下，2016年11月27日下午
在台南豆儿 DOR ART ROOM熱熱鬧鬧展開，以「詩房
四寶」為活動主題，希望詩友們經過吹鼓吹詩雅集的交
流，都能滿載「詩人指點，詩藝大增」、「詩觀交鋒，
靈感不絕」、「詩友相識，情誼長流」、「詩意午後，
雋永回憶」四寶而歸。2017年的台南場同樣在豆儿登
場，把「2017」的諧音「愛你一起」，延伸為「愛詩一
起」，第一場5月7日舉辦，第二場則選在11月11日單身
節的隔天，把11月12日顛倒過來變「愛詩依依」，歡迎
愛詩人跟詩一起告別寂寞。2018年開始，南部詩雅集由王
羅蜜多與曼殊繼續推動，以一年兩次的形式持續舉辦。

　　迎向2022年三十週年，還有許多活動醞釀中，歡迎
與台灣詩學季刊雜誌社、吹鼓吹詩論壇一同發現詩的更
多可能！

【推薦序】
廿年孤寂

國立雲林科技大學前瞻學士學位學程專案
助理教授　葉衽榤

　　從西元2000年的〈西門風華〉算起，王鴻鵬寫作年齡超過二十年。無論從主題、內容與題材上來看，都匯聚哲學、愛情和（微不足道）的真實感受，集結為這本無論在意念或形式上都別具心裁的詩集。王鴻鵬寫作起點是源於目擊西門町已無西門城牆，經一番探索後，發現城牆早已拆為建材，或許如此看來彷彿其詩作特色為歷史意識縱深；實則不然，更多的是孤寂感濫觴。綜觀整本詩集，無論是哲學卷、愛情卷或真實卷，都瀰漫一股動人心弦的巨大孤獨感；夢魘卷更毫無保留的展現悲傷、痛絕、荒涼的孤寂感，讀來令人隨之寥了。

　　哲學之卷以柏拉圖為起首的兩首詩，除了王鴻鵬自身認為第一首詩達到自身創作第一次巔峰外，也多少透露出柏拉圖崇尚孤獨的理念，至少柏拉圖認為讓靈魂昇華的方式就是善用孤獨。〈理念（idea）〉一詩很有意思，詩作奠基於柏拉圖知名的洞穴寓言，自如的運用語言、光影、意識與洞穴內外產生了充滿對話性的自我理型辯證，卻又以「深寂之中／僅有你的影燭光般抖動」展現孤寂氛圍，不僵化於說理。台灣現當代詩的發展過程中有各種大異其趣的創作派別，然而在此中的「哲理詩」卻顯然是少數中的少數，可見此詩集在台灣詩壇的彌足珍貴。在「哲學之卷」中更巧妙的運用哲學詞彙與意義，打造了「對話辯證」的現代詩創作，更重要的是這些對話還體現了「孤味」，兼顧哲與情。

　　愛情之卷或由於情緒夾雜，因此詩作顯得生動多韻味。〈情人的數學和我的愛情〉雖然敘述：「我的數學不好，頭腦不清，不懂你的語言」但事實上卻嫻熟運用各種算式和符號進行描繪，所謂的「不懂」恐怕是無法了解愛情怎麼是如此的反應與模樣。有別於哲學之卷多是自我的和自我存在的辯證，愛情之卷則集中於和愛人，或是愛情的對話。〈三振〉表述：「『三

振，OUT』／這無情的聲響／是否是你心中話語」雖
顯白話，卻直取紅心，將內心的疑惑坦然表白。〈情
書——寫著詩和散文，卻不寫情書，在一個沒有情書的
年代。〉一詩光是詩題就很有意思，在少寫情書的時代
寫了封情書給予對方，對方收到的情態輕描淡寫的展現
出來，隨後話鋒一轉為「我依舊孤獨在夜裡寫詩」，又
回到孤寂自我。

　　真實之卷雖言「微不足道」，但日常生活中往往
更能見到真實的深意，哲學如此，愛情亦如此。〈旅
行〉說：「比昨天的言語更加黯然／灰色、陰天、可能
下雨」將思念之惆悵，孤旅之神傷在日常的語言中真情
流露；〈游牧〉穿越進宇宙，在有與無之間震盪了哲
思，所謂：「只是一陣虛空跌落在黑暗星雲」將自我放
逐於蒼穹之外，生與死，有與無，空虛與創造，都只是
一種墜跌的狀態。有趣的是隨後的幾首詩，如〈這一夜
沒有你——520告白詩for籃籃〉、〈公主的眼淚——給
20190922的Mia〉、〈熟男，你在怕什麼，就是沒種〉
等，則顯喧鬧。

　　最後的夢囈之卷如「生命百無聊賴／還是無法期
待」，或「生命太過短暫／抑或我們太過年輕」雖詩句

精簡，仍難掩浩瀚的孤寂。詩人漫漫二十年寫作，見證
了自我的辯證、愛情與真實；那積聚廿年的孤寂，絕非
微不足道，而是舉足輕重的意念與感受。正由於這股眩
人的孤寂風味，更令人期待下一個二十年，王鴻鵬還會
為我們帶來何種別具韻味的哲理、抒情與寫實詩作。

【推薦序】
百無聊賴──洞穴裡

詩人　鍾明燕

　　那悶熱且騷動的夏日，時光裡的偶然與必然，全因為詩。

　　那時我們散落在各自的角落裡安靜著，摸索著粗礪文字，試著打磨出光。多少現實來襲的夜裡，文字以筆尖鑽出的星火，溫熱了臉龐。即便短暫，我們看到現實生活之外，文字閃現奇異的光，照出青春晃動的生動影子。

　　我記得在文藝營初見年少的你，飽滿的社交熱情，相對於行事疏離的我來說，顯得突兀；我記得每個移動在詩課堂的學員中，就你熱切談論詩的狀態，是一種全然地燃燒。在課堂外，在中午的餐廳裡，也在晚上就寢

前的書桌前，整個夜空坐下來凝視著關渡平原入睡，恍恍惚惚聽著你徹夜歡快如夜鶯的分享，全關於詩。

　　於是你很快突圍了距離，我們以少數的語言交換，文學花園裡全心全意照顧而來，素樸誠實的少許收穫，以詩認證了初萌的友誼與離散的族裔。文藝營結束後不久，組了板塊詩社，你一直是社長。像菲律賓海板塊每年82mm朝西北碰撞歐亞板塊，我們的詩聚會，是當時我靈魂不安能量的釋放，是對生活甜蜜朦朧的相信。

　　一晃眼多少年過去，我有時會想，這詩文字的技藝，一路以來是否讓你遭受經濟生存的冷眼，甚至是你自己，也在午夜夢迴中懷疑。我很開心，關於詩，你並沒有放過自己。並且以一本實體詩集的綻放證明了詩在百轉千迴中，沒有迷路，依然有幽香浮動。

　　你捧著從年少時手上的種子結成的果實，以生活酵母釀成了酒。出社會工作後，日子從來都有掙扎，詩裡也從來沒有答案，但繼續書寫的態度，一如你所受的哲學蒙養像思考的哲人，你寫下自己的形上學與詩的真實。

　　詩集的第一首作品〈找尋柏拉圖（Plato）〉隱喻了一場在詩路上漫長的放逐。理想國裡的哲學之王放逐詩

人，是因為詩人的靈感來自神的賦予，且背離了真理，過分容易激發人的非理性成份，使人失去理性的控制。柏拉圖斷言宣稱詩人模仿現實，而現實模仿理念，於是詩人離真理太遠，該被放逐。這哲學上的著名宣告，也似乎是你呈現出來的人生結構，而詩集篇章也是。哲學、愛情與真實，廝殺對應理念，現實，文藝，在其中飄盪浮沉。詩是唯一救贖與抵抗的咒語，而你要走去哪？

　　於是我隱約看到在洞穴比喻裡，洞外的光，出現在〈關於美好短劇〉中你仍然踏在光的領域。洞穴比喻裡的黑暗，出現在〈第三人稱〉中你仍然活在黑暗中。洞穴比喻裡的影子，出現在〈親愛的是否還願意在悲傷時讓我擁抱〉中一個醒不了的夢於是將擁抱著妳的影子。洞穴比喻裡的義無反顧地回望，出現在〈疤〉中我愛妳但妳成了宇宙中心。洞穴比喻裡的猶豫，出現在〈熟男，你在怕什麼，就是沒種〉中我們依舊在她的隔壁繼續開著研討會。你也曾經以柏拉圖高舉的數學對理性進行訓練，出現在〈情人的數學和我的愛情〉中一系列的函數式勾勒妳的面容。你在年少開始寫詩，青年時期讀哲學，在理念思考與文藝兼容的生活中，為甚麼你仍然

喟嘆如〈陀螺〉中所說歲月空轉成詩。

　　我後來明白你的放逐，愛情佔有巨大的比例。是因為愛情！在反覆前進與退後中，變成了舞步，一個在舞池中永恆的旋轉。這舞池也就是你的洞穴了。

　　這詩集也是你的洞穴，我走進去，看著一首一首詩，在〈記憶碎片〉中你撿拾紙片像是翻滾在星星中，等待越過光的記憶。但有一片共有的記憶是如此傷悲，關於詩友妞妞〈她的美麗——令人無法承受不是死亡而是沒有她呼出的空氣〉，你第一次難以承受的悲傷。

　　你在〈我是詩人〉中寫著高傲地是掛在樹上的廚餘。詩讓你撿拾破碎也讓你一次又一次黏合完整。

　　如果注定被理想國放逐，我贊同就以詩去真心地誤讀人生吧，安住建設一個詩意瑰麗的洞穴。如同年少時期，讓文字閃現奇異的光，繼續照出青春晃動的生動影子，像孩子看皮影戲時，驚嘆著！歡笑著！在百無聊賴的時光，不只陪誰走一段路，是陪大家演一段。像個異鄉人被真實訕笑或審判，詩是唯一救贖與抵抗的咒語，而你那也不去。

【推薦序】
談談鴻鵬找我寫本詩集序
這回事

詩人　月亮二毛六便士

　　鴻鵬首發的詩集找我寫序，完全基於情感（極詩人情懷），完全不中於理性（極不鍾文學技藝要求）。一般而言，詩集的書序負擔的責任大約是對於詩人、詩集的介紹、導讀、賞析、評價等，鴻鵬知道我不喜歡對詩集幹這個，卻還是找我，夠大膽、夠灑脫的了，明明料到只會出現一篇廢序，他竟敢！這是什麼心態？我不敢說我非常清楚明白，不過憑藉我對他的認識，是可以推敲一下。

　　先轉個頭說說我，我出版了幾本詩集、小說，也都找人幫我寫序，找人的條件很簡單，但也算嚴格：只找我所熟識、重視的友人，在我的書前留下一篇文字就

好，愛寫啥隨便，不談置序的本書都行。當然，說是這樣說，他們還是會好好談一下書的內容，不像我這樣糟糕，偶然幫熟朋友寫書序，都不及其書，亂寫，只寫些對於作者我想聊聊的話題，也就是廢序。最後總是朋友搖頭苦笑，只能包容。

　　鴻鵬不是不知道我是個亂來的貨，找我寫序時還特別強調：「你愛怎麼寫、隨便寫什麼都可以，我就是紀念一下。」（怪不得我們會是好朋友啊）當初我與他同為博士生，是岑夫子好幾門課的同修，課餘還常陪岑夫子打桌球，我們上課上哲學思想課，下課上體育課。雖然他讀哲研所，也在大學兼任哲學相關課程，但我並不覺得他像個哲學家，他是個精通哲學的玩伴，他被哲學吸引，但對哲學沒有太多企圖，只是喜與哲學嬉遊。後來知道他也愛寫詩，我左看右看，也覺得很難把「詩人」的標籤貼他身上，他愛寫詩也就一直寫了，我依然不覺得他對「寫詩」這事兒有什麼除了寫詩之外、或衍出的任何企圖。

　　他啊，我們聊天也不聊哲學，也不聊寫詩，除了從前共同的學校生活之外，也就聊茶葉、他阿姨的滷豆干，聊棒球場哪個啦啦隊員漂亮。他愛去棒球場看棒

球，更愛抓拍啦啦隊美少女，你說他對這些女生有什麼
企圖嗎？其實也沒有，就是被吸引了罷了，也止於吸
引。以他而言，這跟哲學、寫詩之於他，相同之處恐怕
大於相異之處。這樣看起來，純純的鴻鵬也許不能說是
哲學家，卻一世都是哲學人，還是個不耕耘詩壇、沒
有廠牌的詩人。它這種妹迷式的投入，說不上什麼理
性，全是易感火熱的心，之於哲學，也之於寫詩，之
於迷戀啦啦隊少女，也之於找我這個鐵定胡寫序的老
貨擠他書頁。

　　他瘋了，他是詩人。

【推薦序】
詩集序

詩人　李一帆

　　與鴻鵬認識是2000年的時候。21年來我們見面的時刻不多，大部分是跟詩友聚會聊天，偶爾論詩的時候刀光劍影，不談詩的時候笑聲不斷，時常到了擾鄰的地步。今年鴻鵬趁著疫情，將舊作編輯成冊，邀我寫序。我自愧不寫詩已久，但是承蒙盛情，因此大略寫幾段，希望能夠幫助讀者了解鴻鵬的詩。

　　鴻鵬的詩充滿少年情懷。不論是寫給寫給理想女性戀人的「愛情篇」，或是抒發求學時期苦悶情緒的「哲學篇」，都是早年的詩作集結而成，處處可以看見一個情緒豐沛、滿懷文思愁緒少年的身影。我還記得早年圍著這些充滿年輕筆觸作品討論的場景。口吻憂愁青澀，

但是情感真誠。「真實之卷」則是詩人數年以來街頭與社會觀察的成果。雖然有些景象明顯的帶有歷史感〈比如MSN、1999的味全龍〉，不過文字明顯比前面兩節青年時期詩作洗鍊簡潔，開始出現思考的轉折與沉澱的痕跡，也開始建築屬於自己的文字情節與篇章結構。在「絮語」這個篇章之中，詩人轉向自己的內心，藉由警語式的句子，試圖捕捉詩意的片刻，反倒不在乎文字是否能夠表達甚麼樣複雜的思想，而是僅靠著字裡行間閃現的色彩，兩三筆寫意地一揮而就。或許在這一收一放之間，鴻鵬的詩跨入了另一個境界。

　　從開始的揮灑年輕，中段在文字之中找尋自身位置，到最後的隨興所至，鴻鵬自稱延宕了十五年才完成的拖稿，無意間向讀者展示了十五年間他的成長。詩是有機體，讀者的閱讀是陽光雨水。期待未來鴻鵬的詩能在時間的淬礪之下愈發茁壯。

【自序】
一首詩的完成之後

　　在二十世紀，文本脫離作者具有某種獨立性成為一種共識，詩用著文字呈現在讀者面前，詩人部分失去對詩解讀的支配力，文字被解讀的可能大增。然而，在發表之前，詩是作者私有，在一個屬於作者創作與回憶的階段。

　　回首，創作過程，高中是一個對於詩文字的摸索和醞釀時期，對於年少長詩是靈感和構思能力的考驗，〈情人的數學和我的愛情〉是第一首較成熟長詩，文字仍少些洗鍊，放入較多數學和天文學的元素，隱著詩人對愛情的期待。

　　2000年初到北部求學，一個放飛的歲月，就一個大學生來說，顯得很宅，很少的夜遊、夜唱，大多時間窩在陽明山宅著，人生裡的山居歲月。但，偶然到了西

門］，忽然注意到一件事情，為什麼沒有看到西城門的
遺址，有著東門、北門、南門、小南門，為什麼缺了西
門？城牆，因為交通建設而一同隱沒，而城門為什麼消
失？翻閱著文獻，從台北建城到日本入台，一個因為富
商捐贈而最華麗的西門，在日軍入台中被戰火擊碎，最
後遭到拆除命運，成為台北下水道的建材，而開始〈西
門風華〉的寫作，對於歷史，有著較多的追思與冥想，
一個地景的轉變是時代的眼淚與煎熬。

　　大學時期，最有趣作品〈劇場〉，那是一首1+1＝3的
一首詩，透過一種蒙太奇式切割跳躍時間。在書寫時，
預設了三種閱讀模式，男主角視角（左半），女主角視
角（右半），雙開視窗，也有去作透過朗讀方式，將詩
重現在一個時間線上，但錄音完後未發表。之後，承蒙
詩社學妹李桂媚喜愛，將其改編成詩劇二度演出。一次
在其大四，在文化文藝系的詩劇演出，一次在吹鼓吹詩
社於台中文學館活動表演，我也榮幸在台中文學館場擔
任演出。就一個很後設角度來看〈劇場〉很成功用文字
營造出畫面的詩。

　　如果創作歷程中，第一次在文與質的平衡顛峰作品
是〈找尋柏拉圖〉，初次的完稿是在大三，美好的20歲

在文字與生活的累積中，達到一種平衡。考驗詩人的文字和思索能力，莫過於長詩和長句的支配能力，寫一些晦澀句子卻又不失可理解性，控制著每個意象的節奏堆疊。在哲學系中對於終極的存在、價值或多或少都有些疑問？特別是眷戀於後現代洗禮後，當後現代挑戰了現代性中的科學、理性與進步歷史觀，我們不再樂觀的活在這個年代，然而有孤立價值存在嗎？一種屬於一個人的價值？我不知道是否孤立的價值能存在嗎？但人生命中的依存感似乎會成為真空，停不住的問題感，讓念哲學的人對於著真、善、美的思索，展開無盡頭的冒險。

隨著歲月，死亡成為一種越來越無法逃避課題，最討厭的事情是喪禮，一個令人討厭的句點，如果沒有喪禮──他／她是否永遠還是我記憶中的樣子。在閱讀經驗中，最喜歡的詩人是林耀德，在開始喜歡他前，他已經成為歷史，看著他玩弄語言的詩作與都市情懷。在鍾肇政先生過世時，才發現原來他是喜歡電影《魯冰花》的原著作者，人生美好總在錯過時，才發現。在林良先生逝世時，忽然有種千愁萬緒的時代感，好像自己的童年被宣告了結束。對於一同寫詩的詩友林亞若，當她成

為社會版新聞時，我一直覺得是不是自己的錯覺，隨著
她家人在她的臉書發出訃文，我知道一切是真的，在她
未到達愛爾斯岩的路上成為了天使，無法面對的悲傷，
我知道自己無法去她的追思會，只能在多年多年之後，
用詩來追思她——親愛的妞妞，我們在最美好的年紀和
一群詩友一同創作支撐著共同的詩社——板塊詩社，用
著〈她的美麗——令人無法承受不是死亡而是沒有她
呼出的空氣〉、〈當你把時間折了又折再折成七度空
間——給天堂的妞妞〉告訴你，你的離開是我第一次無
法承受的悲傷。

　　詩人只能是一種副業，在人生中詩人總會回歸於
生活，愛情的美好與哲學的真理成為生活點綴。在文化
路徑的旅行中，行走在艋舺宮廟中，在台灣比例最高的
媽祖廟中，會發現一個有趣的現象，總會看到觀音和媽
祖安奉在前後殿和神明的集體出巡進香活動，總想著為
什麼有這麼多的神似，當靜靜閱讀歷史是一段殖民史的
過程，媽祖廟如何用觀音偽裝成佛寺；神明各自聖誕慶
典，成為集體出遊，而寫下〈觀音媽祖〉，對於宮廟文
化的一種回歸。

　　在愛情，年少期待轟轟烈烈愛上一回，只想活在

當下的不顧一切，隨著成熟卻只是想陪對方走〈一段
路〉：

　　一天裡剎那是一段路
　　幾年裡數天是一段路
　　一生裡幾年是一段路
　　輪迴裡一生是一段路

　　在轉眼間我陪你走上那個
　　一段路？

　　其實，寫詩也是一段路。

目　次

▍哲學之卷

愛情之卷

▍真實之卷

┃絮語──夢囈之卷

哲學之卷

找尋柏拉圖（Plato）

船剛過直布羅陀，蔚藍參點黑色眼神
水色靜如此溫柔休憩，千晚光年星夜的銀河
由夏季漂向冬季，拉起印象的流浪
風在地中海總是可人的

「親愛的，不知道上一回用92年份紅酒瓶裝的信，
收到了沒，在暴風角
今天　直布羅陀　地中海　天氣晴　西南風
一個適合垂釣的日子，我又放了
空空的瓶，滿滿的草綠色靈魂」

郵輪沿著伊比利半島帶著枷鎖跳舞
逐漸在無以凝視的目光，找尋留下的神話
歷史化作天球閃爍，足以意識的記憶
斑落的文明潺潺混淆藍與黑交疊拼湊在

黎明到來前即將失憶
將風乾的肉體放進

「親愛的，來不及在日照抵達前找到空瓶，
無法以紙筆箋註思念
也許你也聽得懂心語，在沒有文字之前
我們嘗試交談
船沒有在巴塞隆納等待直接開往馬賽
馬賽，一名法國女人與我練習使用
小舌震動與鼻腔共鳴
下雨的午後我們，佔領所有街道
淋濕寂靜至三點，是拂曉時分還是午茶時間呢
喝著滴定沒有糖和奶精的簡單
惡魔是否也詛咒我的靈魂」

舵沿著義大利半島徘徊，
一隻鞋找不到另一隻迷路的鞋
成對。以著獨木舟漫遊威尼斯有著
過多水分無法排出
在整個都市蔓延。汽笛聲響
從亞德里亞海到愛琴海的旅程開始
卻不知誰將羅盤遺失在愛琴海
忘記了方向，可以告訴我雅典在那嗎
柏拉圖

「柏拉圖先生您好，我不是你等待的哲學王
我是你放逐的吟遊詩人。可以請教你關於愛
情的理念（Idea）嗎」賣紀念品的小販告訴我
他發瘋。也許是真的，但我依舊到廊柱廢墟

「詩人」他撐開雙眼卻又闔上「也許你比我
更瞭解愛情」

自拉斐爾畫中走出，飄蕩著衣襬
攜著雅典學院的浪漫與神祕
我將我的靈魂放進你最終的宿命

理念（Idea）

逃出洞穴
卻在遇見你後
流放回去

用點與線說明你我的距離
黑暗裡憑著直覺前進
死亡線前漫舞
深寂之中
僅有你的影燭光般抖動

幽闇的光影中
我分析那殘缺的映照
用笨拙言語作精確描述
關於最後的意識
最初的你

Calling

不會響的手機
只是沒有心跳的計時器
讓血液緩慢崩壞
將身體製成一具涅槃的乾屍
囚禁

殘存的寂靜
在心靈黑暗中沉降
等待著牧笛的歌聲從遠而近
穿透沒有窗戶沒有門的密室

萊布尼茲式愛情

如果單子沒有窗戶
你我是預設的和諧
在寂寞的兩端邂逅
等待最後孤獨消失

默

虛弱而疲憊的生命
是否該來場冰河時期冬眠
永遠　永遠，睡著
在慵懶頹廢的早晨
空氣中瀰漫著大麻氣味
心跳交響樂起落
任意地跳支舞
緩慢的聽著耀動聲音
等待愛情的少年
在窗口等待女孩

USB人生～～給快樂的豬

1.天堂

只想成為你人生屑屑
風一吹
便飄走

2.地獄

在你身上植入木馬
轉身
趕場

3.人間

只是相遇不巧
只能活在當下
傳送餘溫

低階快樂

|.

於是將夢想揉一團火球化作快樂的豬。

在窄窄褲緣,黜落深淵與滑落美好,
想著戲謔刷卡遊戲,手刀顯得奢侈,
精準垂直落下拉起童年般奔跑在歡樂
與氣鬧中,結束了這一回合。關於著
親吻與愛撫只剩下壁咚的驚奇。

夢想高度與跌落速度疊成一條曲線。

Ⅱ.

在青春肉體美好輾轉成為捷運車廂
裡精神犯罪粹煉一口冬天初芽茶香

關於著事業，我們總有更深邃溝痕
被鋼圈拘禁的美麗，彷彿散著金萱
淡淡乳香。在稚嫩臉龐如初芽般在
老葉旁顯得傲嬌，自事業線向上目
光，看著水手服的荷葉領，襯著已
解開鈕扣與將崩開鈕扣，在事業線
縫隙嗅著喉韻的餘香，吐出一口淡
回甘。

在女孩嬌羞白眼，我滑落微醺的笑意
將目光投於車外，等待下一份工作面試。

Ⅲ.

她的美麗切斷了天道下貫仁義被吞吐
成一抹映射霓虹。

拿起六分儀，測著南半球的經緯，關於
3.1417有著更美好計算，用著數字描述
美好，在短短的背心撩起海洋的冒險，
如果向北，找著赤道是否凸起的激情或
者被掩蓋情慾；如果向南，低丘是否有
著幽深潮熱。關於著美好，敵不過一根
午後的菸，化作一圈一圈繚繞輪迴。

在平坦荒涼，用著函數描述對稱曲線，
不再是悖論的破解而是生活。

捲紗仔人生
——致馬庫色（H. Marcuse）

透明的純淨
凝固瞬間風乾灌入氮氣封存
成為顆粒存在
列隊整齊整齊步行進入壓出機
在螺桿推壓塞入模具，抽絲
成紗
在奮力拉扯與潤滑中
成為他者定義完美的紗錠

基本教義派

無法討論預設的對話
像是一個個枷鎖
圈著你我
「我們」終究是個虛無假設
你我終究用著枷鎖
戰爭

在你死我活之間
可否用寬容
拉起一條停戰線

暗中

我們在夜晚行動
就以為祕密就會消失

呢喃的話語只有你我能懂
低聲的交談在你我耳邊徘徊
沒有辦法確定的世界
也許
僅只是一顆瓶中腦

在瓶中有人在瓶外敲著腦袋
關於著痛感關於著你
如果思念是A鍵
那麼我也許會喜歡B鍵
因為也許是見到你

你是預定的合諧
出現如此巧妙
在每一處悲傷中
修補著疼
在幸福的末了
用吻來收尾

擁抱一陣風過後
明白用身體書寫寂寞
這樣「疼」
是不是有人在敲著玻璃瓶

有個無聊的實驗正在進行著
寫著無聊的波動變化

三月的落櫻

來不及出生的孩子
像是三月的落櫻
落櫻點綴山裡的美麗
你卻點綴著血水
泛紅中漩轉

山裡的櫻花依舊綻放
綠芽在雨後萌發
卻在血色的漩渦中
找尋一個半透明的愛
然後，沖進腐敗發酵的糞便
糞便裡有著真理依偎
生與死不是條界線
只是哀傷蔓延

無法為你發喪

殺害你之後

沒有人明白

我跟你，你跟他

你卻是我們最後的交會

當戀人不再相愛

你否只是天空一顆流星

三月的落櫻在山裡片片落下

想騎匹白馬，輕踏你的身軀

讓蝴蝶競逐馬蹄，帶你走過天真童年

也許，只在夢裡尋你童年的夢

三月的落櫻

粉紅的白

春末花落

愛與真

親愛的，已在心中種下真愛種子
用著愛欲灌溉，諾言保證
總有更多美好
或者只是無法有理由被證成的真
關於著愛
只是催你入眠的搖籃曲

因為很重要，所以
我愛你
我愛你
我愛你
所以
在地球毀滅前一秒仍然愛你

於是
用著話語包裹的真
被多餘地繫住愛
能否在世界找出符應
還是在心裡融貫
亦或只是一朵芬芳令你綻放的玫瑰

現在完成式

當下
語言的角落找不到一個簡單陳述
用少少字數說明
夜晚我看著你，是光的失速
現在你在眼前
卻是以著以一條微妙的空間夾縫
相隔眺望，對談
『(「好久不見」)』

當論文作為權力技術

在你過往二十多年後
依舊必須親吻你的頭骨
也許美無法改變苦悶心靈
但活在權力結構
只能用微笑帶著手鐐腳鍊跳舞

傅科幽靈無所不在在學術圈子發酵
願成為中世紀瘋子
脫離當代軀體
不斷規訓治療過程
成為學術機器肉體
灌進資料後，緩慢分類轉換成學術文字
標準註釋關於觀念出處
吞吐消化不完全糞便，再一次排泄

關於美好短劇

總在黑暗邊緣
才發現
原來我還踩在光的領域

總在你的背影裡
才發現
上一秒的我被浸泡在玫瑰釀的酒

總在聽見鐵牢籠裡的呻吟
才發現
自由氣味原來只是淡淡柔軟

總在

才發現

（存在）

——2018年9月《吹鼓吹詩論壇》第34號

愛情之卷

情人的數學和我的愛情

我的數學不好，頭腦不清，不懂你的語言
「我愛你且你愛我」、「我愛你或你愛我」
分不清且和或，弄不懂我們的愛情
你熱愛數學，喜歡用座標平面
一張張浪漫的信紙是一份份數學考卷
我的數學不好、頭腦不清
擺不平空間座標
為什麼$Y=sinX$是你的秋波
愛$\rightarrow\infty$？？？是你乳房的隱喻嗎？
你用你的言語，可是
我的數學不好⋯⋯
你壓在我的肩上，指尖畫了一個圓
「用數學歸納法證明你的愛！」
如果只是情話，我卻無法定義，只是
我的數學不好，邏輯不行⋯⋯到喉頭的話語

發不了音，你眉間浮起x/a-y/b=1是你

最惡魔武器，意識失去向量化不成意向，唉……

公式：n・(我∪你的愛)≦n・我・（我愛你）

pf：

Ⅰ.當n=1時

　n・（我∪你的愛）≦n・我・（我愛你）

Ⅱ.當n=k成立時，則

　當n=k+1

　（k+1）（我∪你的愛）≦（k+1）・我・（我

　愛你）

成立，以上由數學歸納法知n∈N

對一切n・（我∪你的愛）≦n・我・（我愛你）

　　成立

n嗎？時間最小單位

在從三度到四度的幻化，不再只是紙上沉思

算不出的n值或有或無

感覺落入證明，愛情變得詭異

雙臂成為你數字描述銀河懸臂

無人太空站需要一台太空梭到訪

當1+1＝3？夜晚寂寞嗎？

你我只是爆炸瞬間碰撞的正負

我的數學不好，頭腦不清，但很愛你

你越來越少的信給我，越來越像隻貓咪

慵懶的身軀只有呼吸起伏，直到夜

悄悄接上太空站閥門

我⊂你

則我－你＝∅

學著你的語言，告訴你愛情

過期的掛號信被投進了信箱

「If訣別→你－我＝你」

又是張數學考卷，帶著福馬林氣味
當黑色降臨，靠不了站的船艙
你已看穿掌心祕密
在夜空尋找xyz座標
在位移的紅藍牽引
拼湊一張熟悉臉龐
我的數學不好，頭腦不清
用感覺重新證明：
n・（我 ∪ 你的愛）≦ n・我・（我愛你）
發現唯一矛盾：n=∞
我們卻站在起點與終點兩端
寧靜的夜一度一度一度一度被壓縮成點
看不見你的眼眸
世界正為你微微傾斜

我的情人與戀人的詩

可以一起散步嗎
可以一起喝酒嗎
可以一起做愛嗎

月光撒入陽台，推開你的房門，關於
片段的片段，陶醉在一個沒有我的
世界（但你堅稱有我存在）孤獨的散發
宇宙深處的星光，金絲雀姿態站立。
等待你的賞玩

關於詩句，總有更新奇的點子
關於生活，只是石器時代吟遊的詩人

讓我解讀詩好嗎？
何時——我將你的靈魂綁架並予以酷刑

這是與另一名女子的記憶吧？還是被虐待的潛意識
這是我嗎？還是她呢？為何總認不出我的臉孔
可以來場DNA比對嗎？將靈魂淨化
萃取出愛意

為何總用沉默代替反駁
偎在我的身上
（請注意告示「非旅館，嚴禁休息」喔）
在不斷的磨蹭，默背那些片段的片段
我仍質疑你還愛一名女子
一名我的幻影

第三人稱

總是在妳電話裡的第三人稱
對話沒有太多話語，匆忙結束
劃下那句點是寂寞

在人群前，我用第三人稱出現
有意無意避開關於我
第一人稱也許是種親密
第二人稱也許是種思念
然而，「我」卻是第三人稱

第三人稱有種好處
私密。能夠在夜裡談論著彼此
沒有人稱，不再分別
知道誰是誰
說過什麼

人稱只是區別
無法區別是另一種的幸福
活在黑暗之中
成為驚嘆

驚嘆號的生活中
只是語氣符號
不再意指

三振

不斷將球揮成界外
即使是個壞球
依舊揮棒
親愛的
不是不知道好球帶的位置
而是只想一棒揮出全壘打
將你的心射下

飛來蝴蝶球
讓我不知它飄逸的行蹤
巧妙和球棒錯過
「三振，OUT」
無情的聲響
是否是你心中話語

無法抗議的判決
只能在球場外
等待你程序外的抉擇

在暗夜裡親密
在人群中默然

1.唇

親吻雙唇像跌落在雲端
讓天空藍得溫柔。卻又
呆傻
等待千年諾言

舌尖是你的火箭，冷不防觸動心苗
令心火自暗夜中燃起反攻
戰爭。

在你的皓齒上起舞
沒有更美妙主意
墊起舌尖隨節拍在齒齦間
游移，一個旋空躍動

撥動心弦
亦或意念落櫻般跌落
讓彼此
回到渾沌

不再切割者你我區別
存在僅是雙唇間流動

2.隔

彷若分立在世界的起點與終點
可以望見你正在交談。
那跨不過的界
幸福的長城
劃開矛盾糾葛

你還在彼端閒聊
仍然享受著寂靜
在水泥圈禁的空間
獨自回想

當台上更替幻燈片
陣陣笑聲映著回憶
流轉相簿讓隱喻著
伴隨望朔星光戀情

回眸

望不穿地是在歲月流轉的你
記憶的臉龐越來越模糊
那個切片的你
皆是
心底悸動

淚

雲上掉落的眼淚
不曉得——誰在哭
一個夏季的午後
雷雨

降溫中的大地
有著眼淚
把自己淋濕　感冒
哈啾
花凋了片瓣
又一個哈啾
花又凋了瓣
最後　最後
瓣都落在地上
剩下一球種子

散落在身上

啵一聲

冒出了芽

啵一聲

伸出了根

啵啵啵的聲響中

織成忍者服

殘留一雙半瞎的眼

直到瞎去。化蛹

在一個死去的殼中

漸漸融化

溶了腳

蝕了皮

吞了頭

一蛹的胺基酸

在激素的攪和攪和

擠了一個身子

又擠了　　腳腳

探出了　　觸角

撐出翅膀

破蛹──揮開初生的，換化

──化了過去

哈啾　躺在床上

灰濛濛的天空

有首灰色的詩

一首雨天的詩

昨夜的你

昨夜的你傻傻地抱怨那散落於地的陳舊
我依舊靜靜聽著你字句裡起承轉合情緒
如果美麗依舊，我只是隨意點了頭「我
懂」其實不很明白，你卻深信我懂了在
你大大小小生活點滴，我成了不可一世
神算，精準預測你每個反應的生病死絕
在一夜又一夜，如果包容該無止境承擔
我總該抽空了自己，來裝填你的一切，
就像一個玻璃瓶身透著你的美麗與哀愁

今日卻想把自己倒空
倒吊在你的窗邊風乾

童話

1.

我要的戀情竟在遠方，伸手無法觸碰。哼著你喜歡的歌，說著你迷戀的故事，但不知道可否傳到你的耳裡？

2.

拇指無名指中指食指拇指無名指中指像著撥動和弦的食指無名指拇指手指，每天每天無名指中指食指固定躍動，躍動拇指無名指中指思念的弦律食指拇指無名指中指無法觸碰的你在山那頭食指拇指海的邊緣，我卻在食指中指

無名指星空裡獨處拇指食指中指
無名指承受夜晚的吉他拇指食指
中指無名指拇指食指中指無名指

3.

三十歲，看著滄桑的軀體
覬覦著年少戀情，如孩子
等待糖果的發放，癡癡想
和你的故事該如何開始。

如失速的光，已不再燃燒著生命
不是帶著桂冠的少年詩人，而是
沒有臉孔的靈魂。蒼白如何燃燒

4.

想要為你朗讀夜晚的星空，
即使夜雨，用夢想的雙眼看
見億萬年前的光。

她不是我的女孩

她的心是上帝的雙手

在黑暗中降臨

將你捧起

任憑你

如貓的磨蹭

若繽紛絮語

依舊是你最後的光

她不是我的女孩

無法觸碰她的明天

無法多說一句我愛你

無法用一首詩

告訴她

擁抱的空寂

蛇孃
——致Lisa

混著煙臭與香水的氣味
嗅覺緩緩遭到謀殺
昏暗雜著絢麗霓虹燈
神經擋不住酒精跌宕
在高腳椅上緩慢思考
身體卻隨音樂撞擊
搖動
細長的手若蛇般纏繞上身
尚未察覺。氣息已自面頰劃過
當不住的目光透穿心底寂寞
「你是誰呢」
凝視在你交雜的眼神中
定下
波浪長髮垂腰
像個異國女子舞動

僅用薄紗纏繞胴體
不知你是那維納斯或者
美杜莎？（帶著尾巴的女孩）
你的眼神
海洋般將我納入
伴隨體態飛炫
隨手指隱現的神色與媚笑
將寂寞一點一點勾起
是否該解讀你的雙眼
目光卻落向你的胸前
那
孔雀開屏的墜飾
一顆顆貓眼透視昏暗的慾望
龐雜幾何交織真理與人性
那近身卻無法碰觸的美麗

七夕

撫摸過背脊的指尖
柔軟讓記憶只能停留夢境
無法吟唱成詩傳頌

無止境的訴說
等待僅僅是
詩意回應
充滿暗喻言語
靜默挖掘
我看見了天堂

天空星子不因運轉
相遇，即使最美的七夕
喜鵲搭起的銀河

也踏不過
逝去的兩端

在電話的另一頭可否給個微笑
讓我
觸碰你此刻的幸福

情書
——寫著詩和散文，卻不寫情書，
在一個沒有情書的年代。

和弦般簡單的美麗
嘗試著不同的指法
撥動你，觀看你
各種百無聊賴姿態

你在收到情書後
有著一絲微笑
但卻又維持你
的美麗，在百無聊賴的早晨
我依舊孤獨在夜裡寫詩

劇場

坐在1號與2號位置

你我各自翹起二郎腿環著手

隨著思考單雙的界化作一條無奈

我抽著雪茄∞你吃著蛋糕

喝著咖啡∞吸著涼煙

走上一條大街∞走上一條大街

舞台上燈熄去

留下兩盞在觀眾席的鎂光燈

熾熱的光近乎燃起一切

泛黃沒有油垢

喧鬧PUB∞走進一家書店

向一名女子搭訕∞自架上抽出書本

隨彩虹醉去∞泛黃沒有油垢

整個季節的雨∞站立式 閱讀

失溫的雙人床

你我各自佔據四分之一床緣

再也沒有比睡眠更令我們疲倦

用一個個無限切割生活

及床

於是協議分手

她

1.

正拼湊著陌生臉龐連輪廓都沒有該如何開始
關於著櫻桃氣味紅茶糖果素顏以及微笑的眼睛
在瑣碎線索中，該寫個三元三次方程式說明這關係
抑或一首破碎的詩，在凌亂裡找尋安身角落

2.

親愛的，也許這已經不是感覺問題
並非文字快筆的描繪，而是真理證成
當我們在冬天中開著小暖爐
該如何開始
對於存在的第一因，你已做過過多習題
退後到不能退後的起點，除了上帝
你還能找到沒有答案的答案嗎？？
也許只是存在

3.

吞吐著真理理論像是吃了過多的麻辣鍋
舌尖感覺遭到去勢，無法再有一點
勃起。於是可以告訴我
主體　感覺　客體
三者存在個關連性嗎
「我」「愛」「你」我只是孤立的存在
在模糊中意識過愛，彷彿有個對象
只是個刺鳥般的傳說嗎
「我」「愛」「你」當我存在著去意識到愛
愛似乎過份讓人幸福，而卻不知道你
在什麼的條件會出現，就只能繼續夢囈著我愛你
「我」「愛」「你」你和我是如此真實對立著

對於愛，你我都有太多的不清楚
它存在嗎？只是身體的反應之一嗎

4.

親愛的，早已拿到學位證書品學優異畢業
對於知覺的理論，早是你應用語言
卻又為何不解，也許需要場考試讓你好好複習
在知識論的課本上，重新閱讀

5.

考試只是形式，對於知道我有太多無知
她是直觀的信念，不是在夢裡虛幻得美麗
即使早已分不清在夢非夢
她還是被用著數字在描述著
（我相信數學是自然語言，那愛該如何表達呢）

一系列的函數式勾勒你的面容，用XYZ
定義著彼此的關係，卻無法讓我說
在心中的意識，言語無法規約

6.

在微光午後嘗著空閒的風
算著一道用「她」書寫的
習題，解題中計算著愛情
不曉得計算過程
能說寫什麼

劇場之後

自死亡的陣法中爬起
成為記憶
愛到了盡頭
孤獨、疲倦吞噬幸福
緩慢從腐敗的水潭起身
除了死水氣味，沒有多餘
當睡眠成為另一種疲倦
床越來越顯得狹窄
被子從一條分裂成兩條
不再依偎的幸福
換作擁擠的天空
不再懂，擁抱為何會依偎陽光
只有擁擠觸碰，擁擠取代竊喜
使每個夜晚都是失眠夜晚

溫柔

作為一個詩人
已忘記擁抱的溫柔
只在字裡轉折轉著溫度
只想把溫度綻放成
一朵玫瑰
給你

候風

不知道哪來勇氣
把你的青春燃燒
燒成琉璃一般記憶
讓光透成畫

依舊在現實世界裡轉著
轉著沒有盡頭的路
不知道
明天
夢想是否迎風而起
不知道
明天
幸福是否旋即到來

每一次晨光透入床邊
想著，你是否已經成為回憶
但慵懶看著你
迷濛臉龐
還在夢裡無法醒來
糾結地　不願張開眼睛

肩膀

當你的靈魂嘔出腐敗咖啡

我

跳著驅靈舞步

只想隻身歸於遠方

在山林裡

靜下

任我將用文字鋪陳的溫柔

收起，說好的港口燒燬

讓這一火光

將我的思念帶走

只是想一個人走著

走到了醫院獨自簽下手術同意書

走到了火鍋店付了雙倍費用吃飯

走到了海邊看著夕陽落下

隔日晨光透入我依舊在床前將你吻醒

小情詩

如果你問我還愛嗎？我只會肯定地
點了個頭。你若再問我怎麼證明？
我會淡淡地說當激情悸動已經平緩
我卻還想在你的身邊逗留。

如果你想走，我只會將緣分的線，
緩緩捲起，學會一個人在啜飲著
咖啡之際，思念。

我倒掉了一杯咖啡

美麗過後化作糾纏酸雜
誰用冰塊敲打了在過度
氧化過程不再是原初的
單純

於是我倒掉了一杯餿水

愛情憤怒劇

在一種荒謬的相遇與離別
親愛的我們是否不再是對
戀人，看著你的臉龐。我
在百無聊賴疲倦地開始
玩著手機滑動著螢幕字串
登進你的電腦將你覆蓋的
牌卡掀開，我已不再寂寞
，決定分手。

憤怒

↓
你像隻孤鷹展開你的翅膀
定格
彷彿在說些什麼
依舊自顧白的說著

早已不想翻譯你的情緒
你的臉龐和話語早已
洩漏了你
默認了一切

放聲大吼，像是一座城牆
堅固地蓋不住謊言
關於著女子A

緩慢著，攪拌著咖啡
將另一杯給你
如果純粹的苦
可以開出一朵黑色玫瑰
我們也夠燦爛
帶著白色的悲傷

哭鬧

↓

你的手也許痛了
也沒有可以投擲的零碎
你沒有擋下自尊的眼淚
自顧自的凋零

　　　　　　　　　　我緩緩喝下最後一口咖啡
　　　　　　　　　　　在空杯子倒下開水
　　　　　　　　　　　　啜著焦糖微甘
　　　　　　　　　　「不喝嗎？我喝了！」

你的臉龐談不上可人亦非討厭
卻也引不了我的手
觸碰
也許呼上一掌或揮打一拳使人療癒

　　　　　　　　　　　　隨著觸動心跳的頻率
　　　　　　　　　　　　　　我早已著迷
　　　　　　　　　　　　　最初簡單的言語
　　　　　　　　　　　　　那單向的諾言

憤怒

↓

你惡狠狠將杯子擲出
睜大的雙眼
像是暗夜的狼
卻也換不起我的溫柔

　　　　　　　　　　　　「杯子，你送的耶！」
　　　　　　　　　　　　　在記憶中，我們
　　　　　　　　　　　　　已經轉換成你我
　　　　　　　　　　當計算關係的式子已被修改

「你憑什麼」
「你憑什麼」
「你憑什麼」
「你憑什麼」

　　　　　　　　　一種很重要+1的跳針
　　　　　　　　　你我在夜裡無法依偎
　　　　　　　　　　　　尋不見
　　　　　　　　　　那人體暖爐

求和

↓

你像隻敗走獅子化作貓咪
在我的腳邊討拍
不斷地圍繞
彷彿要將我困住

緩緩看著你
終究吻了你的雙唇
在熟悉的溫度
也許還有一點
風乾的微醺

滾完

↓

夜晚激情，我們如「往日」
像喝了酒般的劇烈，彷彿要
將你吞噬。如海濤的拍打，
我們似乎又交換了承諾在那
我閉眼之前，又瞧見你和A
的對話

憤怒

．．．．．．．．．．．．

無法待續的循環，像輪迴一樣使人
厭倦，想拿一把刀，將你的心挖出
細細品味每個皺褶，而你卻不願將
「刀」遞上。於是我百無聊賴繼續
看著你的愛情憤怒劇。

背叛

門縫裡逐漸壓縮成
慵懶虛線
轉成銀河旋臂
迭起起點
終點

還愛嗎？

用著另個夢想溫存靈魂
把思念整個割裂成
櫃上福馬林浸泡標本
帶著鮮豔血色
在振奮眼神裡的氣息
暈成微笑

忘卻空間流轉裡
圈禁近乎遺忘記憶

把思念拼成
意識裡
尋著每片婀娜
盼著／春光／灑落／花雨／成海／沒去
最後一點氣息
帶著乾燥的涼意

大話情人

凝視著你心底漣漪

想話一個夢

將波紋弭平

吐到喉嚨的話語

又吞成一個牽掛

想將它和記憶一同釀酒

害怕

長長將氣吸入肺的深淵
光被黑洞抓去
黎明看不見天光
見不著你的臉龐
滿格天線訊號只是向
外太空放射的波動

玫瑰

眷戀你的美你的莿
眼裡透出對他的微笑
像風透進骨頭
成疾眷戀

小確幸

以為你是抓不住的風
鏡頭
只能遠遠看著
用著廣角將你完整抱住
用著長焦凝視你每部分美好
等待著每個晨昏
守護風華流轉的你

當夜裡銀河升起
為你披上白紗

疤

天空靜美卻無以名狀
被掀開的疤，意識
自紅白的青春川流而出
輕輕吞著菸，胃
活著，微微抽動
痙攣肌肉撕裂
昨日思念
在遠方寫下上萬言絮語
無法用LINE即時傳遞
如同
消失記憶摺疊在大腦皺褶
無法用言語再一次回溯
拿起手術刀將
疤，再一次挑開
藍色和著綠色體液

那青春帶著屁孩的苦悶
「我愛你」但你成為了宇宙中心
我正是爆炸裡逃離的恆星
你卻向內潰縮
當宇宙縮成唯一的點
世界都安靜了

親愛的是否還願意
在悲傷時讓我擁抱

獨自在街頭漫舞

伴著掃街人影

奔騰來去的燈光

穿過一盞盞低頭路燈

親愛的是否還願意在悲傷時讓我擁抱

如果連牽手都顯得慵懶

依舊在這路盡頭

家的前端，等著

一個醒不了的夢

於是

將擁抱著你的影子

氣味和空氣交疊的邊境

被築起圍牆

切割著記憶與現實
然後我再一次擁抱自己
把詩和你
一同揉捻

──2019年9月《吹鼓吹詩論壇》第38號

一段路

一天裡剎那是一段路
幾年裡數天是一段路
一生裡幾年是一段路
輪迴裡一生是一段路

在轉眼間我陪你走上那個
一段路？

真實之卷

西門風華

鳳——
求凰，鳳
求凰，烏鴉
豈可配
鳳凰

老人和青少年正在麥當勞書寫一種荒涼

西門電影街鋪上新石子
一部部瞄準感官
（電影看板在那招手）
老人抬頭　沒有一部適合書寫
華西街的紅燈籠也正在凋零
走入二十世紀末葉與中葉
的對立，老人來到一家紅包場

隨歌聲搭上時光機，追逝著
紅煙脂／黑咖啡
的風華

紅包場走出老人
青少年剛看完電影
結伴到兩家老咖啡店
丟銅板　　（旋轉正反）

「一樣苦，感覺
好甜。」老人又啜了一口

觀音媽祖

在一場聯合祭祀的喧嘩
我們恭請著玉皇大帝佛
祖天上聖母觀音菩薩媽
祖娘娘文殊菩薩關聖帝
君地藏菩薩列位神尊。

我們在一場喧嘩中
遺忘了為什麼佛道
神明佛菩薩被供奉
在同一間
廟
寺

我們在一場喧嘩中
忘記了為什麼不在

神明各自壽誕祭祀
出巡

我們在一場喧嘩中
用著後現代的剪刀
拼貼著信仰與政治
界線

在一場喧嘩中，高聳
牌樓在彼岸被築起
和著廟門相望，五營將軍
各自尋好安營之地
神轎一路搖著執政者的不安
信眾在香煙與炮竹裡穿梭
在屋頂與暗巷的雙眼，盯著

蜿蜒曲折隊伍
用著佛包裹著道
神明們慶祝著光輝十月
人民嗅著
彼岸罌粟花

中部粽

海浪拍打著岸堤
岸堤之前海景第一排
沉睡出一種台中印象
攤開皺摺歲月
無論是油飯穿上竹葉
或是豬肉、香菇、花生、魷魚、栗子
蛋黃、蚵乾、鮑魚、干貝水煮成餿
給上一罐東泉
渲染紅色意象
中部粽

——2020年12月《吹鼓吹詩論壇》第43號

A片瘋狂史

我不是蔡導，沒有西瓜的
女優讓鮮紅西瓜替代糞便
塗抹，果香甜味替代屎尿
騷味。在電視上老女人說
著平淡呻吟是女性的榜樣
僅僅換來腦海中一絲莞爾

沒有歌舞吟誦，我看著A片
自擊敗魔人庫中挑片糞女優
排泄物中若水流般滑落
帶著幾許寂寞隨著秒數跳動
赤裸的胴體畫副褐色的破墨山水
在螢幕之外，試圖嗅著糞便的
酸臭，那抽送磨蹭身軀
朗讀著原始詩句

一場在床上騷動在城市煽起漣漪
如同事後菸，只讓人感到
累贅……敬業的呻吟
讓視野再度錯落
撞擊文化深處禁忌

在舞台上，脫衣女郎掛上披風
賣弄著乳房與性器
當抬起大腿的瞬間
屏息擾亂思緒，蔡導
情慾是否再平凡不過
僅在呼吸之中

愛看妹就只是看妹
——致文化沙豬詩人

漫著妹子的南北半球對壘
或是忘了胸罩與胸貼的妹子
從身前而過
呼吸平緩掩飾
颱風來襲的浪
拿起書本推了眼睛
偽裝成不可一世偽文青
散漫
期待著深邃事業線

滑落低褲頭
巧妙開啟引人情慾的股溝
偶然蹦出屁股蛋
已讓理智在腦海潰堤

在外在世界的我
依舊悠悠喝著一杯
不知有什麼添加物的茶
也許只是奉茶妹子全糖微笑

流浪者

水槍攻擊那搶灘的流浪者
將貧窮推回大海
浪再一次帶來哀傷
浸泡浮腫白嫩軀體
如糞土傾倒入坑
一具具蒼白

銀灰髮色早已記下流離故事
卻細數歲月中輾轉千回
人生

玲瓏曲線忘記胸罩馬甲束縛
動人身形，白透泛紅肌膚
早已泛紫不帶血色

嬌小如玩偶般惹人憐愛
只想玩玩那小手與撫摸雙頰，早已
僵硬成蛹卻無法蛻變

將垃圾掩埋場綠化
在肥沃土地種出
血色黃玫瑰

押出機

被擲入熔融螺桿
螺桿灼熱溫度規訓著我們
我們在系統裡系統化

料桶

在液體的攪拌　反應　風乾
「我們」被切成一片片的
我們，放入氮氣儲存
被期待
成為單向度的我們

紡絲箱
——移工素描

黃色的燈響起

拉開紡絲箱門

湧出白絲如雪

乾淨透著寂靜

塑膠氣味

被拉成

異鄉裡異鄉

凝視你無名指銀戒

慢慢拖著白紗丟

是否你親愛的人在故國寂寞

搓揉思念紡成白白絲線

一坨一坨扔進了太空包

打包回收

清倒

看著你未刮去鬚根
慢慢拖著白紗
紡口吐著理不斷長絲
你哼著歌
故鄉父親白鬚依舊長著
自陸地蔓延海洋
自海洋蔓延陸地
循著地址
拉起島嶼間步伐

看著你帶著微笑
慢慢拖著白紗
搖曳成長裙
輕盈腳步踏著
南國青春夢

在疲倦中綻放
淡淡微笑
捲成一曲童話

紡口依舊吐著長絲如瀑布般落下
千絲萬縷奔騰成
鋒利鋼索切過
生活與歸宿
邊緣

——2019年12月《吹鼓吹詩論壇》第39號

她的美麗

——令人無法承受不是死亡而是沒有
##　她呼出的空氣

在空間的位移

她凝結了她的美麗

自遠方投射

多少光年穿越

在眼前

她三十歲的燦爛

如果人生可以摺疊

她將人生壓製成三稜鏡

把平淡的光透成

七彩散在又平又熱又擠的世界

當你把時間折了又折再折成七度空間
——給天堂的妞妞

蒙上紅色長布
走過傳說中的花園
好奇心停不了步伐
想著你欠下義北阿爾卑斯山遊記
和那
澳洲巨石冒險

生命太過漫長
於是你將歲月壓縮成七度空間收納
我卻透過你殘留文字
將空間還原

不曉得這次拜訪
聊聊什麼

催討未完的故事
還是最近的生活
抑或來世的夢想
一次次小劇場在意識交疊

使者帶著路
到你粉紅城堡
天空漫著七彩色粉
在桌前你靜靜
我也坐下
用這眼神告訴你
我安好

——2021年3月《吹鼓吹詩論壇》第44號

魯冰花逆行曲
——致鍾肇政

星光點落在

初芽嫩葉

被蟲咬過牙痕

摘下一心三葉

萎凋釀著炒青

風乾

藏過

歲月流轉

滾水裡

透出一個世紀的糾葛

——2020年9月《吹鼓吹詩論壇》第42號

長廊
——致林良

倚著磨石子女兒牆
在長廊一端彷彿又傳來
「江西小太陽」的回音
在戲謔玩笑童年奔跑
一首詩的光照過
一個世代接著
時代的永恆
帶著溫暖童言童語
的光

——2020年12月《吹鼓吹詩論壇》第43號

腹痛貼
──台中文學館素描

光
在飛花隙縫穿過日本的記憶
芒果花墊出黜落腳步
柳川水向南尋著落日餘輝
水裡鯽魚特別肥美
在日據與日治交界參坐
離不開這席
肚裡攪動著哀傷
當威權撞上民主的煙花
神遊在被撒落靈感旋舞
謬思如腹傷糾葛
在潰堤與傴塞間徘徊
榕樹垂下的呼吸
撫過幾百年來的枝節
用紙拭過股間溼黏糾結

百感交集化作白紙
留下幾許糾葛

窺視

1.

靈魂悄悄躲在櫃裡鏡子
觀想你無以琢磨穠纖的軀殼，由
山嵐的迷離到霓虹的清澈
我朗讀每一吋肌膚，咒語的
將最終的依戀交付於你

2.

隱身於櫃子
觀想你穠纖的身軀由
薄紗到赤裸
經典式閱讀每一吋
肌膚
將最後的魂體交付於你

沉淪

誓言墮落
墮入地獄深淵
深淵的底
才是
天堂

MSN離線中

總保持「線上」狀態是生命中虛無的安頓
彷彿有個朋友在身旁即使沒有聲音沒有文字跳舞
也會讓意識規律搖擺，想是讓血液流著曼陀羅
房間裡吞吐過多的煙，心底深處越來越是意識禁區
無法被碰觸與討論，那孤獨生命敵不過寂寞的入侵
崩潰防線是防火線退卻，蔓延過一個一個山頭
無法知道落寞的火何時停止，也許該下場雨？
但天空很晴，紅色森林是夜晚唯一光害
夏季銀河依舊流動著，天鵝張開翅膀
不知是起飛或降落，還是在黑暗盤旋
無法在綠色名單找個人說話
還在放著同一首歌
依舊離線

快板

光灑下的幸福
落在蒼白臉孔
回到原點
一切都已靜默
等待

憶山旅

總是在胃痛的午後
喝著咖啡
不加糖
和奶

當「疼」如西風蔓延
撫過每一條神經
糾結的身體
如夜晚奔喪狂吼
心仍靜靜在遠方
等待著過路的旅人

持續夜晚閃耀的思考
攀附著山際線邊緣
搜尋，目光像是幽遊的魂魄
在稜線上留下足跡

旅行

帶著必備的行李，紙和筆
方便在路上思念你
我呼吸著
空氣裡淡淡氣味
比昨天的言語更加黯然
灰色、陰天、可能下雨

背影速寫

山裡的冬天就這樣來了
這是空寂言語
沒有指涉
輕輕地
徘徊
在你遺失的背影中

午後空轉美好

進度回歸於零

靈魂轉速像是被回抽的球

在冷氣房裡百無聊賴

慵懶頹廢掩飾心底

沒有表情吶喊

繼續在位移

被甩開的

年

游牧

臃腫的天使飛不上天空，失速的掉向黑洞
比在子宮更加深沉，沒有　波動
上帝，非你遺棄的子民而是逃出天國的孩子
帶著披著詩句的羊群在宇宙中放牧
星河是游盪的草原，彗星僅成為美麗悸慟
捎來光的遺失消息

在宇宙旋轉的手臂上
說著誕生童話，當能量奔出瞬間
在藍與紅的光譜思緒踏著節拍步伐
意念超出岩石奔出速度只虛無的邊緣
卻只能停留在「有」的地方

三分熟的寂寞帶著迷漾血色
平淡腥味刺激

心臟
我
觸碰著
有與無的交界

只是一陣虛空跌落在黑暗星雲

擦子

只想用個擦子
將多餘拭去

在空白化作空白
從生命掠過

不知
是否忘了轉身
抑或有意
錯過

殘餘投往億萬光年外的微波

──2018年6月《吹鼓吹詩論壇》第33號

今夜月光慵懶在另一側歇著

星光已被都市霓虹打散
那殘存星子
是雪靜太白還是緋紅熒惑

乘著光
想找那片在都市失落銀河
在夏夜流動著子夜
悽涼，搭不起的橋
只是繫不起的情緣

不在彼方

不在彼方等待你的到來
斷了線的風箏
空氣微粒的飄盪
隨大地呼吸
起落在喧囂的城市
霓虹中沒有悲傷角落

亢龍有悔
——給1999.12.13味全龍

打完最後一式
像安上炸藥的大樓
倒下，掩蓋球場上
所有人嘶吼

成為正妹男友
──給親愛的Lamigirls

如果必須死，願化作一隻貓
至少九條命可以堅持更多
戴起馬賽克墨鏡，不是
掩蓋帥氣迷人眼神，只是
隱藏身份，太多正妹太多的必須死

俯視水亮雙瞳
你問著隊友在哪？
我說
只想成為你的男朋友
你說
只有「籃朋友」

春夜靜待夏季銀河
耀起斜貫過黑闇

如果鵲橋在春天搭起
能否牽你的手
等待黎明的第一道光守候今生
你說我只是一顆「小彗星」
來了就準備離開

請讓我用浪漫的野心
在大軍突圍，將你掠起
穿過落羽松林
凝視著令人無法自拔的你
願成為你騎士
在誓言裡化作永恆
你說許我一個「沐光騎士」
回到沐光之城
但我只想伴你穿過時間河流

在祕密森林迷鹿
成為鹿癡
你回眸眼神
攪動心理翻滾
原來，一隻小鹿
在那跑著
可否牽起你的手化作永恆
你說鹿戰隊與我同在

如果神木在種子時已決定
我只願是顆紅豆
自土裡萌出豆芽
在陽光將愛融化
和你一同豆志高昂
你說誠徵豆粉中

如果星空依舊美麗
牽不起你的手
只能拿起相機
在球場炸裂快門

後記：感謝2018LMGs籃籃、慧慧、沐妍、小鹿、
　　　紅豆10隊友演出

——2019年6月《吹鼓吹詩論壇》第37號

這一夜沒有你
——520告白詩for籃籃

踏進今夜球場

像個任性孩子的到訪

這一夜沒有你

球場加油聲依舊

桃猿男兒拼勁依舊

外野綻放煙花依舊

卻只是加了幾點

思念

520告白詩
——for紅荳

夕照
穿過你
臉龐汗珠
映著上一局感動歡呼
吶喊過後的喘息

髮香在晃動身影漫開
細細品著你在
每首加油歌裡
獨特調味
用一個小小愛心
混上甜進孩子心底的微笑
戲謔鬼臉蓋不去甜美
沒有表情擦拭汗水

關於著美好
只能用你註釋

眷戀地在觀景窗鎖住你
雙臂像是被美杜莎石化
盯著一條通往你的道路
盼著每個表情悸動
布成整個夜空的神話

每一首歌的鼓動
口裡哼著，眼裡
是你留下的美麗
在輾轉流離數字拉扯著
我們的悸動
祈禱著謝幕的煙火

能在絢爛中點亮黑夜
托著你的身影

只在煙火的瞬間，凝視你
最美好背影

公主的眼淚
——給20190922的Mia

成為騎士守護著球場

在第二十七個出局數

到來前

停不住加油聲響

停不住信念

停不住

對你的追隨

親愛的公主

你輕輕拭去眼角淚水

卻泛紅我的眼眶

穿過每個球季的記憶

歡呼／雀躍／靜默／悲傷

腦海響著每首單曲旋律

在獨一無二的閃爍裡

你是被捕獲煙火

化作永恆圖像

你溫柔囑咐裡

燃起勇氣每一秒

在堅持中奮戰

溫室裡開不出的花朵

的韌性，帶著

我們一路走過逆境

也許你說Love Me More

但已將全部予你

請許我們一個

Dancing Holiday

在最後的最後

如果還有一個如果
只願和你一同擦拭淚水
化作歡顏

Lamigirls

在最美好時光
遇見妳們
奢侈浪費多餘生命
用一張張票根，寫著
球場日記，在榮耀與
悲傷裡，妳們串起
溫柔圍繞

表情包

轉身化作被擊中白球成為白色掠影
炸裂每個檔案夾

在球場放肆快門聲成為回音
只能拼貼著你的美塞滿硬碟

在鏡頭裡與你直視距離
0，在一個圓，原點與起點
捕獲一秒間幻化表情
無法一張一張聚焦
美好

喜歡你刻意轉身回首
凝視著鏡頭，世界的
光被你結凍

靜靜，靜靜守候著你
在歡顏與嬉戲中等待
今夜綻放地樣子

在高台俯視凝望著你
盼著偶然仰首
在遠方
穿透呼喊聲音
與你相望

在螢幕前
從新檢視每一張相片
捨不得刪減
沒有出不了的圖
只有還沒想到的梗

熟男，你在怕什麼，就是沒種

夜晚談論著女人
對於酒無所謂忌口
胃痛都只是幻覺
沒有比寂寞更加真實難耐
女子A正在隔壁桌等待著某人
或者喝著悶酒。但沒有勇氣
敲打她寂寞的心
我們談論著她的身形臉龐
臆測她的心在想些什麼
當酒一瓶一瓶開著
卻未移動身軀
以她為核心議題
展開一場三天的研討會
馬拉松式的問答
分析她的每一部份

彙編成一本二十萬字論文集

我們依舊在她的隔壁繼續開著研討會

浮木

聲音躍上星光
降成夜奔
水柱奇襲夢想土壤
將盤根拔起
順流溫柔撞裂巨岩
疲倦漂到浮沉的海
任著你偎

光掠過我們燃燒
留下焦黑的鹹味
伴著你時間被壓縮成
小小的點，等待著呼吸
將浪揚起風和日麗的殘酷
腐敗與乾枯，柔和成
一種美好

如果神木
在轉生種子
宿命了神木歷程
只願為你斷下，在海洋
迷路

輾轉瞬間在沙灘擱淺
你在光中身影無法昂首
無怨只為吸入你呼出空氣
是旅行繼續
或在水與沙交疊
消逝

——2018年12月《吹鼓吹詩論壇》第35號

十七歲過後

詩人在二十五歲罹患創作癌症末期，即將
死亡，緩慢而無痛，身體沒有多餘變化，
只是　社會的針戳刺觀察神經，漸漸形成
化痂，最後因為……

已不再是十七歲的少年詩人（多麼美麗的
桂冠，現在只是發音練習的恭維話語）
不抽煙　不喝酒　但咀嚼檳榔
在紅色攪和中找尋愛情殘影
真愛是個屁，仿若粉紅色小說的情節
隨著身體一陣發熱，嘔吐出血色汁液

地板上長出朱紅的食夢花，吞噬少年夢想
卻是我養養寵物，當二十五歲生日過後
牠日漸衰弱。想拿把手術刀將牠一刀刀劃開

觀看吃下去的夢是否有像樹木的年輪
長成一圈圈記憶。

卻舞動斧頭流暢將食夢花肢解，跳完一曲
告別的歌聲（那是三零年代的殘音
出現在二十一世紀初）它華麗散落
自表皮層如洋蔥脫落　　崩解

將花的殘骸收拾，放進行李箱上鎖
腳步像是風的飄移，踏不了一遍土地
朝死亡前進末班列車還在月台等待
依舊在月台上徘徊，沒有等待朋友到來
凝視遠方，面孔五官漸漸成為一張
沒有雜染的白紙，車上的人沒有面孔

三十九歲的留言
——華麗的英雄墓碑

三十九個年頭摺成盜夢空間

工人包著哲人

哲人容著詩人

詩人含著嗜夢流動者

無法成為正職的活著

用著詩獵取世界的位移

將空間流轉化作永恆

話語拆解成一道道命題

在言語或語言意義與非意義

用著奧坎剃刀切割多餘消解問題

成為工頭

在移工與外勞仔斟酌

鞭打著他者人生

蓮花一層一層綻開卻捧著一顆種子
在意識的意識流轉薰習
「我」彷彿一次次醒來
像個馬庫色單向度人活在傅科權力關係世界
只能帶著枷鎖舞動

——2020年6月《吹鼓吹詩論壇》第41號

陀螺

用著夢想與愛鞭打著陀螺
依舊是在原地轉著
青春轉成嘆息
高傲轉成低首
志氣轉成奢求
伸手觸及不了的原初

於是將歲月空轉成詩

絮語──夢囈之卷

無題

1.

彩虹在雲裡消失
月亮還在日夜中流浪
靈魂逐漸被玫瑰馴養

不會響的手機，只是沒有心跳的計時器
答答、答答、答答、答答進行大體解剖
在腦殼敲個洞，

2.

世間有太多變化
不是一句話可以說盡
當世界落入觀念
就已不再是世界。

3.

那裡的夜晚冷吧，
為什麼你卻在風裡說著話語

4.

生命太過短暫
抑或我們太過年輕

5.

如果你已無法感動
我的溫柔成你
撒在棋盤上的子

你偶然想起了溫柔
總該回點什麼
我願是你
今生歲月

6.

生命百無聊賴
還是無法期待

7.

話若死絕
心亦死絕
不過是將張白紙燒盡
化作
陣陣青煙

8.

靈魂被流星綁票到山裡夜晚
山裡夜晚天很清
清得像你素妍容顏
星空變得很甜很甜
在流星的中心
等待奔放的美麗

9.

看見悲傷在身體蔓延
細胞一點一點被吞噬
沒有人可以明白
身體被撕裂的快感

10.

彼岸的天堂抑或地獄深淵
還是那百無聊賴的存活能力

我是詩人

高傲地是掛在樹上的廚餘
等著風乾，卻又發出陣陣酸臭

凝

盯著你的容顏
才發現歲月像把殺豬刀劃過青春
我卻依舊眷戀你的美麗

下雨了

你依舊在窗前自顧自看著昨日斑駁哀傷
我仍然在遠方緩緩觀察水珠落下的速度

昨夜的你

星光在空間遺失了時間
我們昨夜的記憶被定義在詭異位置

兩端

將靈魂片片割下
在止血與下刀間擺動
停不住的愛

記憶碎片

撿拾紙片像是翻滾在星星之中
等待越過光的記憶

後記

　　回首二十多年的寫作，最喜歡的一本詩論是楊牧先生《一首詩的完成》很多面的年輕創作者心靈的一座燈塔。在一個老派方式，在人和人互動中，找尋在寫詩這條路上的朋友。對於，外人眼光會覺得是一種文青，對我們來說是生活的一部份。

　　在文藝營中，找了寫詩的朋友，一同組了板塊詩社，和大學參加華岡詩社，在生命中最重要的兩個社團，感謝這些一路來互相陪伴的好友，更多時候是成為家人般關心。感謝一帆、妞妞、育盟、明燕、泰瑋、桂媚……在漫長的道路上有著你們陪伴，還有忽然想不起名字的詩友。在一場場作品的討論中，分享的不僅僅是詩，也是生命和生活。

　　作為一名詩人，或者說愛好這種慵懶方式的作者，能夠堅持長久創作，除了敏銳的心靈外，就是朋友的相伴，在一期一會的約會中，總會問對方「最近有寫東西

嗎？」一場被突襲的創作討論會，也許這是一種激勵。
從一年二三十首創作到一年不到十首，是心靈平靜了？
還是忙碌於生活，沒有將感動寫下？可能都有，但朋友
卻是一個最好的動力。

　　在年少寫詩，喜歡往咖啡館跑，沉浸在滿屋的咖啡
香中，和碳水化合物爆表的甜點中，緩慢將思緒梳理，
把筆記本中的片段鋪陳成詩，寫詩化做一種匠心獨具的
刻畫現實生活。隨著時間流轉，寫詩越來越是在手機上
執行，小小鍵盤的打字速度足以支撐思考速度，總在片
刻中書寫。

　　在不惑之年，完成15年的拖稿，是一種生命的慵懶。

語言文學類　PG2620　吹鼓吹詩人叢書48

哲學、愛情和微不足道的真實

作　　　者／王鴻鵬
總 策 畫／蘇紹連
主　　編／李桂媚
責任編輯／姚芳慈
圖文排版／蔡忠翰
封面設計／劉肇昇

發 行 人／宋政坤
法律顧問／毛國樑　律師
出版發行／秀威資訊科技股份有限公司
　　　　　114台北市內湖區瑞光路76巷65號1樓
　　　　　電話：+886-2-2796-3638　傳真：+886-2-2796-1377
　　　　　http://www.showwe.com.tw
劃撥帳號／19563868　戶名：秀威資訊科技股份有限公司
　　　　　讀者服務信箱：service@showwe.com.tw
展售門市／國家書店（松江門市）
　　　　　104台北市中山區松江路209號1樓
　　　　　電話：+886-2-2518-0207　傳真：+886-2-2518-0778
網路訂購／秀威網路書店：https://store.showwe.tw
　　　　　國家網路書店：https://www.govbooks.com.tw

2021年9月　BOD一版
定價：280元
版權所有　翻印必究
本書如有缺頁、破損或裝訂錯誤，請寄回更換

讀者回函卡

國家圖書館出版品預行編目

哲學、愛情和微不足道的真實/王鴻鵬著. -- 一版.
  -- 臺北市:秀威資訊科技股份有限公司, 2021.09
    面;   公分. -- (語言文學類;PG2620)(吹鼓吹
詩人叢書;48)
  BOD版
  ISBN 978-986-326-953-3(平裝)

863.51   110011585